デルフィニア戦記

戦女神の祝福

茅田砂胡プロジェクト編

CHARACTER

リィ／グリンディエタ・ラーデン

おれの故郷ではな、
月は太陽を助け、太陽は月に力を与えるものなんだ。
魔法街のおばばの言うことはあたっていたのかもしれないな。

16歳。異世界の魔法惑星ボンジュイからこの世界にやってきた。元来は少年だが、今は少女の姿に変化している。輝く金髪と宝石のような緑の瞳《ひとみ》、類を見ない美貌《びぼう》の持ち主。瞳と同色の宝石のついた銀環を頭にはめている。ウォルとの偶然の出逢いから味方となり、改革派との戦いでは戦女神《いくさめがみ》と称えられるほどの功績をあげ、国王のたっての願いで養子縁組をし王女となった。後に国王の同盟者として婚姻し、王妃の称号を持つ。

ウォル・
グリーク・ロウ・デルフィン

力がいるのか? それはまた不思議な接吻《せっぷん》だ。
あの世行きのは遠慮したいが、
魔除けの接吻はそのうち俺にもしてくれるとうれしいな。

27歳。大華三国の一つに数えられる大国デルフィニアの国王。先代国王ドゥルーワと馬屋番の娘ポーラとの間に生まれた庶子《しょし》。出生が問題となりペールゼン侯爵を首魁とする“改革派”によって一度は玉座を追われるも、後に奪還。現在は善政を布く王として知られている。黒い髪、黒い瞳。名だたる剣豪でもあり、端整な顔立ちと鍛え抜かれた身体、見事なまでに均整のとれた長身を誇る。リィの同盟者であり夫。

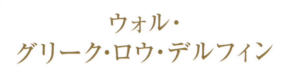

シェラ

その召使いの口を封じることなら簡単なんだが、
この人はそれを許してくれるまい。

16歳。コーラル城に侍女として勤め始めた早々に王女付きの女官として抜擢される。白銀の髪、紫の瞳。姿形は美しい少女にしか見えないが、実は少年。幼いころから暗殺者として育てられており、王女暗殺の密命を帯びて王宮にやってきた。金銭によって暗殺を請け負うファロットの一族だが、シェラ自身にその素性は知らされていなかった。現在は一族の元を離れ、リィに仕え行動を共にしている。

イヴン

悪いことは言いません。
ここはひとまず剣を収めて、誰にも何にも言わないで、
屋敷へ戻ってもらえませんかね？

ウォルのスーシャ時代の幼なじみでタウ山脈の自由民。ベノア村の副頭目。ウォルが国王となってからも態度を変えなかった貴重な友人。現在は独立騎兵隊長兼国王親衛隊長。

シャーミアン

お許しください……。
わたしは……
とり返しのつかないことをしてしまいました……！

ドラ伯爵家の嫡子。普段はこぼれるような笑顔の女性で、動きやすさから男装していることが多い。剣士としての腕も確かで、乗馬を得意とする。

デルフィニア戦記

戦女神の祝福

『風塵の群雄 デルフィニア戦記8』
『デルフィニア戦記 第Ⅲ部 動乱の序章1』より

原作・監修：茅田砂胡
脚本：田沢大典

本作はCDに収録したドラマのシナリオに、一部、書きおろし小説が含まれています。
シナリオは音声収録用に制作されたものです。実際の収録と異なる場合があります。
※N：ナレーション　M：モノローグ

○インターミッション

N「妾腹《しょうふく》の生まれでありながらデルフィニアの国王となり、善政を敷いてきたウォル」

N「改革派の陰謀《いんぼう》で一度は王位を追われるも、『異世界から落ちてきた』という不思議な少女リィの協力を得て、多くの仲間にも恵まれ、ウォルは再び王位に返り咲き、リィを王妃に迎えることになった。ただし、形式上の結婚である。なぜなら、リィは」

リィ「おれは本当は男なんだ」

N「と主張しているからである。ウォルもまた、国王としては極めて異例ながら、形だけの結婚をよしとした。なぜなら」

ウォル「あんなものに手を出してみろ。あばらをへし折られ、股間《こかん》を蹴《け》られ、ついでに首をたたき落とされるぞ」

N「そんなものをついでに落とされてはたまったものではない。こうして、デルフィニアの英雄は戦女神《いくさめがみ》の王妃を得たが、再び不穏な動きが勃発《ぼっぱつ》した。王妃となったリィの命を狙う暗殺者集団が動き始め、隣国パラストとタンガもデルフィニアへ触手を伸ばし、ウォルとリィの結婚式の最中に、タンガから宣戦布告されたのだ。二人は婚礼衣裳《いしょう》を戦装束《いくさしょうぞく》へと替え、戦場へ向かい、見事勝利を収めた」

N「この話は、戦が終わり、王城が平穏をとり戻した直後の出来事である」

○本宮近く・遊歩道

シェラ「頼まれていた髪飾りはこれでよかったかしら?」

侍女「ありがとう、シェラ!　この間のお休みに街へ出た時に見て、とても気になっていたの。その時はあいにく、持ち合わせがなかったものだから。これ、髪飾りの代金。それから、少しだけど(小銭の音)、お使いのお駄賃。受け取って」

シェラ「（笑って）いやだ。お駄賃なんか、いらないわ。街へ行くついでだもの」
侍女「でも、いつもシェラにばかりお願いしているから申し訳ないって、みんなで話してたのよ。練り香もおしろいも買ってきてもらったし……」
シェラ「いいのよ。わたしは妃殿下のお使いで、よく街へ行くから、気にしないで」
侍女「いいわねえ。シェラは。いつでも外出できて。（声を低めて）でも、あの西離宮で、妃殿下にお仕えするのはたいへんじゃない？」
シェラ「大丈夫よ。妃殿下は、みんなが思っているほど怖い方じゃないわ」
侍女「ねえ、シェラは髪は結わないの？　あなたのその銀色の髪なら、どんな髪飾りだって似合うのに」
シェラ「ありがとう。でも、編んで垂らしているほうが好きだから」
侍女「それじゃあ代わりに、何かお菓子でも持っていくわね」

侍女が歩き去る足音。

シェラM「女性というものはどうして、装飾品や化粧品にあそこまで執着できるのだろう。それとも彼女たちには、人並以上の容姿を持ちながら何も飾ろうとしないわたしのほうが不思議に見えるのだろうか」
シェラ「なぜと言われても、ね」
N「まさか『自分は実は男なのだ』とは言えない。今のシェラの身分は王妃づきの侍女だ。王妃の住まいである西離宮に、ただ一人寝起きを許され、王妃の身の回りの世話をしている」
N「シェラは自分の銀髪を手に取って、見つめた。自分の髪に見とれる趣味があるわけではない。あることを思い出し、思わず表情が険《けわ》しくなる」

シェラが歩き出す足音。

○城内・人気のない場所

N「本宮の左手に広がる深い木立ちがある。遊歩道から大きく外れた、うっそうと生い茂る雑木林だ。静かで寂《さび》しく、昼間でも薄暗く、もちろん人気はまったくない」

N「シェラは女官の服装から、動きやすい稽古着《けいこぎ》に着替え、的をくくりつけた立ち木に向き合った」

シェラ「……よし。しゃっ！」

ピュッ、と鉛玉を手から打ち出す音。吊《つる》してある板に鉛玉が当たり、ガン、という音。

ピュピュピュ、とガガガン、という音が連続し七つ。八つ目のピュッ、という音と、ガンという音が響く。

シェラ「ふぅ……」

吊してある板に鉛玉が当たり、ガン、という音。

シェラM「わたしの技倆《ぎりょう》はそう捨てたものではないはずだ。ただ、その上をいく者がいる。それだけだ」

N「シェラはかつて、王妃の命を狙った暗殺者だった。腕には絶対の自信があったが、王妃はそんなシェラを難なくあしらったのだ」

N「この的を王妃が見つけて、おもしろ半分に試し射ちをしたことがある。馴染《なじ》みのない武器のはずなのに、王妃は鉛玉をらくらくと操《あやつ》った。見事に板に命中させただけでなく、第二射、第三射では、最初の鉛玉を正確に打ち、その結果、一番最初に打ち込まれた鉛玉は的を突き抜けて反対側に落ちたのである」

吊してある板に鉛玉が当たり、ガン、という音。

シェラ「鉛玉の連射で的を砕《くだ》いて穴を開けるなんて、馬鹿力にもほどがある」

シェラ「今のわたしに、あの人と同じことはできないが……あの男にはできるかもしれない」

○西離宮・居間（回想）

N「今日、街に買い出しに出たシェラは、たちの悪い船乗りに絡《から》まれた。白昼堂々、暗殺者の技倆を披露《ひろう》して片づけるわけにもいかず、困っていると……」

リィ「おまえを助けてくれたのがヴァンツァーだったって？」

シェラ「ええ。あなたもご存じの、恐るべき暗殺者です」

リィ「（楽しげに）あいつ、おまえを殺そうとしてるはずだろう？　どうして助けたんだ？」

シェラ「……ほんの気まぐれだ、と言っていました。自分の手で殺すために生きていてもらわねば困るとも」

リィ「ははあ。それで、こんなお土産《みやげ》もくれたのか。きれいな櫛《くし》じゃないか」

シェラ「ひどい侮辱《ぶじょく》です」

リィ「そうかな？　よく似合いそうなのに」

シェラ「リィ、わかっていますか。あの男はわたしの命を狙っているんですよ。殺す相手に贈り物をしてどうするんですか」

リィ「……しゃれのつもりなのかな？」

シェラ「そんなかわいいものかどうか……これはおそらく、あの男の勝利宣言です。おまえでは俺の相手にならないと言いたいのでしょう」

リィ「どういうつもりにせよ、見たての才能はあるな。おまえの髪によく映ってる。せっかくもらったんだから挿《さ》せばいいのに」

シェラ「（忌々《いまいま》しそうに）きらいな男からどんな豪華《ごうか》な贈り物をもらっても、少しもうれしくないという娘たちの気持ちがよくわかりました」

リィ「使うつもりがないなら、どうして捨てずに持って帰ってきたんだ？」

シェラ「(少し考えて) 目標にするためでしょうか。これを見るたびに怒りをかきたてられますから」

リィ「顔が怖くなってるぞ。せっかくの美人が台なしだ」

○城内・人気のない場所

吊してある板に鉛玉が当たり、ガン、という音。

シェラM「あの男は重量型の鉛玉を使う。軽量型の鉛玉しか使ったことのないわたしには、同じ破壊力をうむことはできない。ならば、手数で補うしかない」

ピュピュピュ、とガガガン、という音が連続し、止まる。

シェラ「……(息を整える) ふぅ」

シェラ「さすがに汗まみれのまま戻れないか」

シェラ、服を脱ぐ衣擦《きぬず》れの音。バシャッ、と水を被る音。

シェラM「そろそろ、水が冷たくなってきた。夏も近いな」

シェラ、手早く服を着る音。足で枝を踏む音。

シェラ「(息を呑《の》み身構える) っ!」

シェラM「見られた!?」

N「長い時間練習に没頭していたせいもあって、シェラの意識は完全に侍女から刺客に戻っていたのである」

N「シェラは相手の姿を認めるより先に鉛玉をつかみ、攻撃しようとした。しかし、そこに立っていた人の姿を見て、かろうじて動きを止めた。シャーミアンだった」

N「シャーミアンは絶句していた。王妃の傍《かたわ》らに親しく仕えている優しい笑顔の侍女が片手を丸め、得体の知れない構えをとっている。その構えのなんとしっくりなじんでいることか」

N「白い顔も、ほんの一瞬ちらりと見えた身体も、戦うことを知っている少年そのものだ」
N「男が女装して王妃の側に仕えている。目的がなんであれ、怪《あや》しいものに決まっている」
シャーミアン「おまえは!!」
　シャッ！　と抜刀し斬りつける音。
シェラ「はっ！」
　シェラ、身軽にかわす。シャシャシャッ！　と連続で斬りつける音。
　シェラ、またも身軽にかわす。
シェラM「いつまでもかわしきれない！　かといって、怪我《けが》はさせられない！　仕方ない。あの人に……！」
　シェラ、シャーミアン、走り出す足音。
シャーミアン「不埒者《ふらちもの》！　妃殿下のもとへは行かせない！」
シェラ「（焦《あせ》り）っ！」
シェラM「だめだ。完全に逆上している。どうしよう、どうしたらいい」
　イヴン、シェラの背後から現れる（草を踏む足音など入れて）。
イヴン「こりゃあ穏やかじゃありませんな」
シャーミアン「イヴンどの！」
イヴン「そこまでになさい」
　イヴン、ゆったりとした足どりで二人の間に割り込む（足音止まる）。
シャーミアン「イヴンどの、退《ど》いてください！」
イヴン「どんな理由があるにせよ、王妃の侍女に斬りつけるとは感心しませんぜ」
シャーミアン「その者は侍女などではありません。誅殺《ちゅうさつ》します！」

カチャ、と剣の音がなる。

イヴン「シャーミアンどの。そんなに躍起《やっき》になる必要はないんですよ。悪いことは言いません。ここはひとまず剣を収めて、誰にも何にも言わないで、屋敷へ戻ってもらえませんかね？」

シャーミアン「なにを悠長《ゆうちょう》なことを！　退《ど》いてください！　いいえ、力ずくでも退《ど》いてもらいます！」

イヴン「(小声で) おい、ひとっ走りして王妃に知らせてこい。俺はなんとかこの人に帰ってもらう」

シェラ「はい」

シェラの駆け出す足音。

シャーミアンM「逃げられる！」

シャーミアン「イヴンどの、御免《ごめん》！」

シャーミアン、イヴンに斬りつける。バシャッ！　と剣が肉を切り裂《さ》く音。

剣が折れ、その先がイヴンの左顔に突き刺さる音。

シャーミアン「(息を呑む音)」

ぽたぽたぽた、と血が垂れる音。

N「イヴンは自ら進み出て、剣も抜かずに、左手で剣先を跳ね上げるようにして、シャーミアンの一撃を受けとめたのだ。結果、彼の左腕は深々と斬り割られ、その衝撃《しょうげき》で折れた剣先は顔面を直撃し、顔の半分が血に染まっている」

シャーミアン「あ……あぁ……」

イヴン、ケガをしているが、そのことをまったく感じさせない普段の口調で。

イヴン「いいか、シャーミアンどの。少しは頭を冷やしなさい。城内での刃傷《にんじょう》沙汰《ざた》は御法度《ごはっと》だ」

ぽたぽたぽた、と血が垂れる音。

イヴン「ドラ将軍の娘が血相を変えて王妃の侍女を追い回したなんてことになれば、お父上にも傷がつく。王妃も困るだろうし、陛下の立場にも影響する」

シャーミアン「……あ……」

イヴン「あの侍女のことは王妃も陛下も知っている。ただ、おおっぴらにはできない。あんたに騒がれると非常にまずいんだ。わかるな?」

シャーミアン「わ、わかりましたから、傷の手当てを……」

イヴン「こんなものはかすり傷だ」

ぼたぼたぼたと血が垂れる音、大きく。

イヴン「(微笑《ほほえ》んで)いいな、王妃は知ってるんだ。じきに話しに行く。屋敷に戻ってじっとしてろ」

シャーミアン「お願いですから傷の手当てをさせてください!」

イヴン「いいから屋敷に戻ってろ! あんたは何も見なかった……何もしなかった……いいな、忘れるなよ」

イヴン、のっそりとした足どりで背を向けて歩き出す。

○本宮・国王の居室前

N「シェラから詳しい事情を聞いた王妃は、困った顔で頭をかいた」

リィ「そいつは、おまえらしからぬ失態だな」

シェラ「申し訳ありません。それに、イヴンさまがその場に居合わせまして、穏やかではない雰囲気だったのです」

リィ「ますますまずいな。もっと早くシャーミアンに話しておくべきだった。今さら言っても遅いが、おまえはこのことをウォルに知らせに行け。おれはシャーミアンの様子を見てくる」

シェラ「はい」

○ドラ将軍の屋敷・玄関

N「リィはシャーミアンが住む、ドラ将軍の屋敷へと向かった」

ドラ将軍「これは、妃殿下。直々《じきじき》にお出ましとは、どうなさいました？」

リィ「ちょっとシャーミアンに話があってきたんだ。いるかな？」

ドラ将軍「それが……つい今し方戻ってきたのですが、着替えるなり礼拝堂に駆け込んで誰も寄せつけません。わしにも会いたくないという有様でして。いったい何事です？」

リィ「……まぁ、ちょっと込み入った話があってさ、悪いけど、しばらく礼拝堂には近づかないでくれるかな。シャーミアンと二人で話がしたいんだ」

ドラ将軍「何事です？　なにやらよからぬ相談ですかな？」

リィ「気にするな。女同士の内緒話って奴だ」

ドラ将軍「（苦笑して）このような時だけ女性を振りかざされても困るのですがな。他ならぬ妃殿下のおっしゃることだ。お任せしましょう」

○ドラ将軍の屋敷・礼拝堂

コンコン、と礼拝堂の重い扉をノックする音。

リィ「シャーミアン、いるんだろう？」

リィ「開けないと扉を叩き壊すぞ」

しばしの間。ぎい、という音と共に扉が開く。

シャーミアン「（涙声）妃殿下……」

シャーミアン「お許しください……。わたしは……とり返しのつかないことをしてしまいました……！」

リィ「どうした?」
シャーミアン「(泣きながらも歯を食いしばって) イヴンどのに……深手を負わせました」
リィ「あいつがおとなしく斬られたのか?」
シャーミアン「……斬るつもりなどありませんでした! 避けてくださると思ったのです! わたしの攻撃など、簡単にかわすに違いないと! (歯を食いしばるように) それなのに……。左腕と、顔に……」
リィ「(真剣) シャーミアン、そのこと、誰にも言うな」
シャーミアン「ですけど!」
リィ「いいから。黙ってるんだ。今夜はここで、じっとしていろ」

○城内・人気のない場所・夕方

N「シャーミアンと別れた王妃は、すぐさま現場に急行した」
N「あたりは暗くなりつつある。乱闘の跡《あと》も見つけにくくなっていたが、血の痕跡《こんせき》は確かに残っていた。それは人目を避けながら西離宮に続いていた」
N「行き違いになったのだ。王妃は疾風のように西離宮を目指して駆け上がった」
びゅう、とリィが疾風のように駆け抜ける足音。

○西離宮・日没直前

シュタッ、と跳躍するリィ。着地音。
N「居間に飛び込んだ王妃は、むせかえるような血の臭《にお》いに息を呑んだ」
N「重傷を負ったイヴンは、居間の壁にぐったりと背中を預けて座り込んでいた」

イヴン「(力なく)遅いじゃねえか」
リィ「イヴン!」
　リィ、駆けよる足音、速く。服をまくる音。
イヴン「へまをしたもんだぜ、まったく……」
リィ「しゃべるな」
　イヴンの服を切り裂く音。シェラのたてるかすかな物音。
シェラ「(あえぐように)……リィ」
リィ「たらいに水をくんできてくれ。それからきれいな布を。灯《あか》りもだ」
シェラ「はい」
　忙しい足音。ぼう、と灯りの火がともる音。たらいが床に置かれる音、水音、手ぬぐいを絞る音。
リィ「包帯を巻く。少し辛抱《しんぼう》しろよ」
イヴン「(苦しそうに、でも、ふざけて)いてて。もうちょっと丁寧《ていねい》にやってくれよ。色男が台なしだろうが」
リィ「しゃべるな」
イヴン「リィ。顔は後回しでいいぜ。問題は、こっちさ。(身動きする音)」
イヴン「この腕はもう駄目《だめ》だ……切るしかない。まともな時なら自分でやるんだがな……今は力が入らねえ」
リィ「……………」
シェラ「……………」
　重苦しい沈黙を表す効果音? もしくは音楽。
イヴン「(離れた人に話しかける調子で)……よう……みっともねえところを見せるな」
　リィ&シェラ、ハッとして振り返る(息演技)。

N「眼の前に広がる信じられない光景に、国王は息を呑んでいた。ろうそくの灯りに照らし出されているのは、黒い服をさらにどす黒い血に染めて、ぐったりと壁にもたれかかる友の姿と、見たこともないような恐怖の表情を顔に貼りつけた王妃だった」

ウォル、駆け寄り跪《ひざまず》く（衣擦れの音）。

ウォル「何があった？」

イヴン「（ちょっと笑って）ドジを踏んでな、このざまだ……」

ウォル「イヴン……」

イヴン「ちょうどいい。ばっさりやってくれ……ぐずぐずしてたら傷口が腐って……全身に広がっちまう」

ウォル「どういうことかわかっているのか」

イヴン「わかってるさ。俺はまだ死体になる気はない。今なら片腕だけですむだろう？」

ウォル、頬《ほお》に触れる。ぴと、という音。

ウォル「この傷は？」

イヴン「左眼は駄目だろうな」

ウォル「（低くうなる）……！　誰の仕業《しわざ》だ。イヴン、誰がおまえをこんな目にあわせた？　俺の城でよくもこんな真似を……。断じて許さんぞ。おまえの味わった恥辱《ちじょく》も痛みも、倍にして返してやる」

イヴン「（かすかに笑って）俺だよ……」

ウォル「なんだと？」

イヴン「俺が……自分でやったようなもんだ……だいたい……この俺がそうあっさり、やられるわけはねえ……」

イヴン「（発熱と激痛で意識が飛びそうになるのを必死にこらえながら）そんなことより、はやいとこやってくれ……手遅れになる前にだ」

ウォル「(唇《くちびる》をかみしめ)……辛抱しろ」

ウォル、立ち上がり、剣を抜こうとする。鞘《さや》から剣が抜かれる音。

リィ「ウォル、だめだ!」

ウォル「つまらぬ感傷に浸《ひた》っている場合ではない。残念だが、この腕はもう用をなさん。完全に腱《けん》を断たれている」

ウォル「この傷は放っておいたら腐り始め、その膿《うみ》は全身に広がってしまう。そうなる前に、まだ身体の血がきれいなうちに、治癒《ちゆ》の見込みのない箇所を切断しなければならん」

リィ「……やったのはシャーミアンなんだ」

ウォル「な……」

シェラ「申し訳ありません。わたしのせいです。わたしが対応を誤ったせいでこんな……」

リィ「よせ。今は誰のせいかなんて言ってる場合じゃない」

リィ「問題は、片腕を失ったイヴンを見るたびにシャーミアンが何を感じ、何を思うかだ」

ウォル「しかし……だからといって他にどうする!? どんな方法がある!? このままでは命に関わるのだぞ!!」

リィ「わかっている!」

イヴン「(瀕死《ひんし》で)……怪我人の目の前で……夫婦喧嘩《げんか》……かよ……」

リィ「イヴン、切るのは少し待ってくれ。それはもう少し遅れても平気なはずだ。その前にやってみたいことがある」

イヴン「……?」

リィ「ちょっと我慢しろよ」

リィ「(口づけ)んっ」

イヴン「王妃様に接吻《せっぷん》してもらうとは……とんだ役得だ」

リィ「黙ってろ。これから奥の手を試してみる。うまくいけば傷を治せる」
ウォル「うまくいかなかったらどうなるのだ？」
剣を鞘から抜き、突きたてる音。
リィ「おれもイヴンも黒焦《くろこ》げだ」
N「王妃はイヴンの傷ついた腕のすぐ横に座り、両手を固く握って膝《ひざ》の上に置いていた。国王もシェラも王妃が何をしようとしているのかさっぱりわからないまま、少し離れたところに腰を下ろした」
ウォー、と狼《おおかみ》が鳴く声。二、三頭と続く。
N「王妃は固く眼を閉じている。意識を集中しているようだった。それを見守っていたシェラは、ふと、妙な息苦しさを覚えた」
N「呼吸が思うようにならない。なぜか衣服がひどく邪魔なものに感じる。額《ひたい》を伝った汗を拭《ぬぐ》って、シェラはその原因に気づいた。暑いのだ」
シェラ「はあっ……はあっ……」
N「まだ六月だというのに、まるで真夏の日差しをまともに浴びているような熱気を感じる」
ろうそくが風で揺らめく音。
N「しかも、あたりの景色がゆらめいて見える。ろうそくの灯りも、壁にもたれている男の姿も、王妃もだ。夜に、しかも室内に現れる陽炎《かげろう》など聞いたこともない」
ウォル「……ふぅ……」
N「国王もやはり顔中に汗をかき、驚きに眼を見張っている。この暑さはシェラの気のせいではないのだ」
リィ「……はあっ、はあっ、はあっ……！」
N「王妃はそれ以上に息を荒くしていた。じっと座っているだけなのに、肩が大きく上下し、額には玉のような汗がびっしりと浮いている。どんなに激しい戦闘でも、王妃がこんなに呼吸を乱したことはない」

リィ「二人とも……外へ出ていろ」

ウォル「断る」

リィ「危険なんだ……」

ウォル「なおのことだ。たとえ離婚されても席を外すのは断る」

シェラM「わたしもです――」

N「そう言おうとして、シェラは自分の舌《した》が自由にならないことに気づいた。身体もだ。全身が見えない何かに縛られている。身体の動きを司《つかさど》る機能を、自分以外の誰かに掌握《しょうあく》された……そんな感覚だった」

N「眼は見える、耳も聞こえる。それなのに指一本動かすことができず、助けを求めようにも口も開かない。血の気が引いた。恐慌状態に陥《おちい》りかけたその時、シェラの口は勝手に動いた」

ファロットの聖霊「力を抑えなされ、王妃」

シェラM「(仰天《ぎょうてん》して)何だ、この声!?」

ウォル「(驚いて)その声には覚えがある……ファロットの幽霊」

ファロットの聖霊「力を抑えるのじゃ。このままでは、離宮ごと蒸発してしまう」

リィ「(必死)できればとっくにやっている!」

ぽた、ぽた、と汗が落ちる音。

ファロットの聖霊「王妃、忘れるな。今日の空には満月がある」

リィ「(気づき)っ!」

ファロットの聖霊「ここにも月がある。今はまだ、か弱い子どものようなものだが、ないよりはましじゃ」

シェラM「月……とは、わたしのことだろうか?」

ファロットの聖霊「あまり気負いなさるな。何もかも一人でなさろうとは思わぬことじゃ」
シェラM「リィ……。わたしはここにいます」
シェラM「わたしに何かできることはありますか？」
輝きを表すエフェクト音。
N「床に刺した王妃の剣が光り始めていた。剣ばかりではない。王妃もだ」
輝きを表す別のエフェクト音。
N「王妃の額に置いた銀の輪、その中心に、くっきりと濃い緑が輝きはじめている。それは紛《まぎ》れもない器物のはずなのに、燦々《さんさん》と光の当たる水面のように、あるいは炎を凝縮《ぎょうしゅく》して閉じ込めたように、煌《きら》めき揺らめき、生き物であるかのように脈打っているのだ」
N「国王もシェラもあっけにとられて、それを見つめていた。こんな現象を見るのは、もちろん生まれて初めてだ。呼応するように、王妃の剣も白い刃の輝きを増している。こちらは人の眼を射る新雪のようなまぶしさだ」
輝きを表すエフェクト音、大きく。
N「緑の輝きは見る間に王妃の全身を包んでいった。黄金の髪はさらに光を増し、淡い陽炎に包まれたまぶたが少しずつ開いていく。その瞳《ひとみ》もまた異様なまでに煌めいて、自分の拳《こぶし》を真剣な表情で凝視している。王妃がゆっくりと握り拳を開くと」
カッ！　と効果音。
N「まぶしいくらいの光が飛び出した。王妃の手のひらの上で電光が踊っている。まるで小さな稲妻《いなずま》をのせているようだった」
ビシッ、ビシッと電撃が走る音。
N「それは光でできた小魚にも似ていた。空中に勢いよく飛び跳ね、身をひるがえし、王妃の手のひらという水面に沈んでまた浮かび上がる」

N「イヴンは傷の痛みも忘れ、あっけにとられて見入っていたが、王妃がその手をゆっくりと自分の腕にかざすのを見て、自由のきかない身体で後ずさろうとした」

イヴン「ちょっと……待て、おい」

カァーッ！　と効果音。少し長く。

ウォル「リィ！」

環境音。風が吹く音や、遠くで狼の遠吠えの音。

N「国王とシェラがそっと眼を開けると、光も稲妻も消え失せ、ただ、ろうそくの灯りだけが頼りなげに揺れていた」

N「先程までの暑さが嘘《うそ》のように、夜の冷気があたりを満たしている。暗さに眼が慣れてくると、床に王妃が倒れているのが見えた」

ウォル「リィ！　大丈夫か」

リィ「く……っ。いいから、さわるな。はあっ、はあっ……イヴンは……？」

リィ、イヴンの左手をさわる、ぴと、という音。

リィ「(安堵《あんど》して) よかった……」

ウォル「何がだ？」

リィ「自分で見てみろ……っ」

リィ、立ち上がりかけてよろける足音。

ウォル「無理をするな！　立つのもやっとではないか」

リィ「いいから、少し休めば治る。ちくしょう……」

リィ「(声を荒らげ) いいか、二度はごめんだぞ。頼まれたって二度はできないからな！」

○西離宮・戸外・草むら・夜

草の上を、おぼつかない足どりで歩いてきたリィ、仰向《あおむ》けに倒れ込む（足音等で表現）。

N「王妃は柔らかい草の上に大の字になった。全身が鉛のように重く、腕を上げるのさえおっくうだった」

リィ「はあっ、はぁっ、はぁっ……」

次からのルウのセリフ、回想なのでなんらかのエフェクトがかかる。

ルウ「きみの力は強すぎる」

リィ「（自虐）……ふっ」

リィM「そう言う自分も、破壊神とも死神とも呼ばれていたくせに、真顔で注意してくるんだからな……」

ルウ「長い呪文も、特別な儀式もいらない。心の中で思うだけで、手を使わずにものを動かすことも、遠くへ移動することもできる。その力を自分でコントロールできているうちはいいよ。でも、こういう力はとても不安定なものだからね。何がきっかけで暴走するかわからない。たとえて言うなら、いつ決壊するかわからない脆《もろ》い堤防のようなもの。あるいは、ほんのちょっとしたきっかけで怒濤《どとう》のように押し寄せる雪崩《なだれ》のように、危険なものなんだよ」

ルウ「一番恐いのは、きみが人間嫌いだってことだ。無意識の怒りや憎しみが、どんな形で現れるかわからない」

リィ「（子どもの声で）うーん。そんなことを言われてもなあ。わからないよ。意識してやってるんじゃないんだから」

ルウ「だから、余計にまずいんだよ」

リィ「（子どもの声で）じゃあ、そんな力は必要ないから、とり除《のぞ》いてしまうとか、使えないように封じてしまうことはできないかな」

ルウ「（笑いながら）どっちも無理。でも、簡単に崩れないようにすることならできると思う」

リィM「おれの心に何をしたのか知らないけど、暗示は見事に効いたな。それからは『特定の条件下』でなければ力を使えなくなった。そうして鍵をくれた」
ルウ「いい？　ぼくはきみの力に扉をつけて鍵をかけた。その扉がきみの力をせき止めている。使いたくなったらこの鍵で扉を開ければいい。簡単に開くから。ただし、鍵なしで無理に扉をこじ開けようとしないこと。危ないからね」
リィ「（子どもの声で）わかった、絶対やらない」
リィ「（ため息）はぁ。（つぶやき）あいつが止めたわけだ……予想以上にきつかった」
N「中天には銀盤のような月が輝いている。あれのおかげでなんとかなったようなものだと思う。人の姿をした王妃だけの『月』もだ。横からちょっかいを出してきた聖霊は気に入らないが、礼は言わなければなるまい」
　出現を示す効果音。
N「何者かの気配を感じた。普段なら反射的に起きあがる王妃だが、今は気怠《けだる》げに、首だけをそちらに向けた。黒い布をすっぽりとかぶり、ちんまりと座る見慣れた姿がそこにあった。もちろん実体ではない。老婆の本体は今も魔法街のいろりの前にいるはずだった」
おばば「無茶をなさったな、王妃」
リィ「見てたのか？」
おばば「いやでも見えてしまうわさ。コーラルはわしらの縄張りじゃ。そこであんな派手な真似をされたのではの」
リィ「悪かったな……非常事態だったんだ。もうやらないよ」
おばば「ぜひともそう願いたい。仲間内の力の均衡《きんこう》というものが崩れるでな。それは別として、王妃よ」
リィ「なんだ？」
おばば「（憂《うれ》いを帯びて）あまり、こちらの人々に入れ込まぬことじゃ。その分、別れがつらくなる」

リィ「……（微笑）別れか……。忘れてたな」

夜風が草をなでる音&狼の遠吠え。シェラが近づいてくる気配。

シェラ「大丈夫ですか？」

リィ「ああ、平気だ。——魔法街のおばばを見なかったか？」

シェラ「いいえ。ここにいたのはあなただけです」

リィ「そうか」

リィ「……おまえ、具合はどうだ？　だるくないか」

シェラ「平気です」

草むらに膝をつくシェラ（の音）。

リィ「悪かったな、巻き添えにして……」

シェラ「わたしは何もしていません。あの方々は——聖霊はわたしに何かできるような口ぶりでしたが……」

リィ「してくれたさ。おかげで助かった」

シェラ「でも……わたしに何ができたんでしょう？」

リィ「何ができたんだろうな」

シェラ「…………」

リィ「おれの故郷ではな、月は太陽を助け、太陽は月に力を与えるものなんだ。魔法街のおばばの言うことはあたっていたのかもしれないな。おまえ、身体から力が抜けてるだろ？」

シェラ「少し……ですけど」

リィ「だから、そういうことさ」

シェラ「……何かお持ちしますか？　お酒か、でなければエンドーヴァー夫人がくださったお茶でも……」

リィ「お茶がいいな。あれは胸がすっとする」
シェラ「わかりました」
シェラ、立ち上がる音。
リィ「(口調変えて) シェラ」
シェラ「はい」
リィ「今のはな、本当なら禁じ手なんだ」
シェラ「………」
リィ「おれは、あんな力を使っちゃいけなかったんだ。——なかったことにしておきたい」
夜風が草をなでる音&狼の遠吠え。
シェラ「イヴン様は斬られたりしなかった……ですね?」
リィ「そうだ。イヴンの顔を斬った剣先は飛んであの辺に落ちたはずだ。血の跡も残ってる」
シェラ「わかりました。お茶をお持ちしたらすぐに参ります」
リィ「いや、先に行ってきてくれ。何しろ、おれはこのざまだからな」
シェラ「はい。では、元の剣のほうはどうなさいます? 刃先が折れたままでは、何もなかったでは通りませんでしょう。盗み出して、すり替えますか」
リィ「すり替えるのは無理だろうな。ほぼ毎日手入れしている剣が、突然、別の物に変わったら、シャーミアンに気づかれるのは避けられない。それよりは『なくした』で、押し通したほうがいい。——騎士としては言語道断の不覚だけどな。そのくらいは我慢してもらおう」
シェラ「(くすっと笑って) わかりました」
リィ「後は、シャーミアンの服だ」

シェラ「シャーミアンさまの、お召し物ですか？」
リィ「ああ。間違いなくイヴンの返り血が跳んでる」
シェラ「……」
リィ「傷の状態から見て、それほど大量の返り血を浴びたとは思えないが、そんな証拠《しょうこ》は残しておけない」
シェラ「ですけど、盗むにしても洗うにしても、ご本人に気づかれないようにお召し物を脱がせるのは、いくら何でも無理がありますよ。——それとも、お薬をかがせて、眠ってもらってもよろしいですか？」
リィ「だめだ。あれは身体によくない。そんな乱暴なことをしなくても、イヴンを斬った時に着てた服はとっくに脱いでるよ」
シェラ「本当ですか？」
リィ「ああ。あれだけとり乱してても、血のついた服のまま礼拝堂に行くのは抵抗があったんだろうな。将軍も『着替えるなり』って言ってたし、おれが会った時も、シャーミアンから血の匂いはしなかった」
シェラ「リィ、残念ですが……（心配そうに）それなら、お召し替えを手伝った召使いが、既《すで》に血の染みに気づいているはずです。証拠の隠滅は不可能ではないでしょうか？」
シェラM「その召使いの口を封じることなら簡単なんだが、この人はそれを許してくれるまい」
リィ「おまえ、また何か物騒なこと考えただろう？」
シェラ「……あなたがやるなと言うなら、やりません」
リィ「大丈夫だ。シャーミアンは普通の貴族のお嬢さんとはわけが違う。着替えにいちいち召し使いを呼んだりしないよ」
シェラ「ご自分でお召し物を脱いだと？」
リィ「ああ。たぶんな。シャーミアンには礼拝堂にいるように言っといたから、脱いだ服はまだシャーミアンの

　部屋にあるんじゃないか。――召使いが片づけてなければ」

シェラ「いいえ。それなら間違いなくあると思います。夕方に部屋の掃除《そうじ》をする召使いはいませんから。でしたら、今夜のうちにお召し物を回収して、血の跡を洗い流して、将軍さまのお宅の洗い場に戻しておけば、他の洗濯物《せんたくもの》と一緒に召使いが洗ってくれるはずです」

リィ「頼んでいいか？」

シェラ「お任せください。元を正せば、わたしの不始末から起きたことです。――では、失礼します」

リィ「ちょっと待てよ」

シェラ「？　……！」

N「王妃が寝たまま手招きをしてくる。不思議に思いながら、シェラがもう一度腰を下ろすと、王妃の手がシェラの長い髪を軽く摑《つか》んで、引き寄せた。そのまま引かれて、顔と顔が触れあうほど近づいた」

　ぱっと飛び離れる音。

シェラ「リィ!?」

リィ「別にふざけてるわけじゃない」

N「それならなおまずい」

リィ「おまえ、疲れているだろう？　疲労回復に利くんだ、これは」

シェラ「……キスが、ですか？」

リィ「そう。……（心外そうに）大丈夫だ。噛《か》みついたりしないから」

シェラ「自分はその……まだ、修行が足りませんので……失礼します！」

　駆け出すシェラの足音。

N「痛いところを突かれた。さっきイヴンは役得だと言ったが、冗談ではない。彼は知らないのだ。両手足を獣《けもの》の四肢のように使って人に飛びかかり、顔を真っ赤に染めたあの姿を。それでなくても相手は『王妃』なのである。国王以外、触れることは許されない人である。そんなことをしていいわけがない」

○西離宮・居間・夜

N「西離宮に残ったウォルは、イヴンに付き添い、その様子を見守っていた」

N「むき出しの左腕はまだ血に汚れているが、傷は見当たらない。イヴンは死んでしまったはずの指先を恐る恐る動かしてみた。鈍《にぶ》い動きだが、自分の意志で動かすことができる。そこまで確かめて、イヴンは再び、ぐったりと壁にもたれかかった」

ウォル「どうだ？　イヴン」

イヴン「痛みはどっかにいっちまったな。(ため息をついて)……おまえ、本当にとんでもないものを王妃にしたもんだ」

ウォル「俺もそう思う。……顔はどうだ？」

シュルシュルと包帯をほどく音。

ウォル「どこにも傷はないな」

イヴン「左眼でもおまえの顔がばっちり見えるぜ。とても信じられねえが」

ウォル、イヴンの手を取る。衣擦れの音。

ウォル「生きているな」

イヴン「もともと死ぬような傷じゃないぜ」

ウォル「違う。この腕がだ。腱を切られ、骨を断たれた腕が再び命をとり戻すなど……、この眼で見たのでなければ到底信じられん」

イヴン「……昨今の王妃様は魔法まで使うらしいや。腕一本もうけたな」
N「あいにく国王はイヴンの冗談を笑い飛ばす気分ではなかった。危うく自分が切断する羽目になっていたかと思うと、そのぬくもりが、この手が生きて動いているということが、無性に愛おしかった。だから、ごく自然に唇で触れた」
ウォル、イヴンの手の甲に接吻をする。
イヴン「(笑って) 王様がそんなことするもんじゃないぜ」
ウォル「気分はどうだ?」
イヴン「悪くない。ちょっとばかり、だるいが……。なんか知らんが、あのキスが強烈だったぜ。火の固まりでも飲み込んだような気分だ」
ウォル「俺が以前にした時は、そんな気分にはならなかったな」
イヴン「(笑みを浮かべ) 陛下、あれは不可抗力です。身動きできない俺に、王妃が勝手にくれていったものですから、どうか不義密通の罪で俺を咎《とが》めるのはご勘弁《かんべん》願います」
ウォル「(笑って) ばか」
ウォル「少し休め。おまえの身体にどんな処置が施されたのか俺にはわからんが、おまえは休息する必要がある」

○西離宮・戸外・草むら・夜

草むらをゆっくりと歩く足音。
N「月明かりに照らされて、王妃は草の上に横になっていた。国王が近づいても眼を閉じたまま、浅く呼吸をしている。本当に寝ているようだった。その横に腰を下ろして、国王は王妃の額に張りついている髪に、そっと手を伸ばした」

リィ「今のおれにさわらないほうがいいぞ」
ウォル「火傷《やけど》でもするのか？」
リィ「たぶんな」
リィの額に手を当てるウォル。ぴと、と手を当てる音。
ウォル「火傷するほどではないが……熱いな」
リィ「すぐに収まる。……ふふっ、おまえ、やっぱり平気でおれにさわるんだな」
ウォル「以前にも何度も言ったぞ。おまえが何者であれ、俺は恩人を恐れるほどの恥知《はじし》らずではないつもりだと」
リィ「…………」
ウォル「その気持ちに今も変わりはない。変わらぬどころか、他のどんなものよりも、あの腕と眼を救ってくれたことを心から感謝する。イヴンのためにも、シャーミアンどののためにもだ」
リィ「（真面目に）ウォル」
ウォル「何だ」
リィ「おれはな、これが戦場での怪我なら放っておいた。めちゃくちゃ疲れるんだ」
ウォル「らしいな。まだ立てんのか？」
リィ「気持ちがいいんだ。もう少し……。それに本当はこんなことはしちゃいけないんだ。今も魔法街のおばばに苦情を言われたしな」
ウォル「今、ここでか？」
リィ「満月があるからな。影をここまで届けるくらいのことは何でもない」
ウォル「ははあ……」
リィ「おれみたいな部外者が力を使うのは混乱のもとになるらしい。以後は慎《つつし》んでくれとさ」

ウォル「ふぅむ……魔法使いにも縄張りのようなものがあるのかな？」
リィ「じゃないかな。だから……」
ウォル「うん？」
リィ「（真剣に、かつ、少しちゃかして）おまえは怪我したりするなよ？」
ウォル「（微笑）おまえの口づけは火の固まりを呑んだようだとイヴンが言っていた。どうしてかな？　俺はなんともなかったのに」
リィ「そりゃあそうさ。さっきのは一種の魔除《まよ》け。おまえにしたのはただのキスだ。さっきもシェラに疲労回復のキスをしてやろうとしたんだけど、逃げられた」
ウォル「口づけにそんな種類があるのか？」
リィ「おれの場合はな。（ニヤリと笑って）あの世行きのもある」
リィ「おまえな！　人が動けないのに何するんだ！」
ウォル「いや、火を呑み込むとはどういう気分かと思ったのだが……この間と変わらんな？」
リィ「疲れているのにいちいちできるか」
ウォル「力がいるのか？　それはまた不思議な接吻だ。あの世行きのは遠慮《えんりょ》したいが、魔除けの接吻はそのうち俺にもしてくれるとうれしいな。仮にもおまえの夫だ。そのくらいの権利はあるだろう？」
リィ「（げんなりと）まったく……フェルナン伯爵が生きてたら、ぜひ訊《き》きたいところだ。どう育てたらこんな妙ちくりんなものができあがるんだ？　人間にしては珍品中の珍品だぞ」
ウォル「褒《ほ》め言葉と受け取っておこう。それよりいつまでこうして寝ている気だ？　眠いのならすぐそこに部屋があるだろうに」
リィ「おまえが疲れさせてるんだろうが……」

身じろぎする音。

ウォル「立てないのなら抱いていこうか？」

リィ「(嫌そうに) そんなことしたら本当に離婚だぞ」

ウォル「それは困る。王妃に離婚される国王など前代未聞だからな。しかし、ここで寝られても困る」

リィ「止めろと言ってるだろうが！」

リィ、ウォルの手を払いのける (音)。

N「デルフィニアでは、国王でさえ、迂闊《うかつ》に王妃にはさわれない。戦士を自負する王妃にとって『身動きできない身体を勝手に持ち運ばれる』ことなど、到底我慢できるものではないのだ」

よたよたとした足どりで立ち上がり、歩き出すリィの足音。

ウォル「(殊勝に) わかった。持ち上げたりはせん。だが、おまえの夫に何もさせてくれんというのはひどいぞ。せめて、手は貸させてくれないか」

リィ「そのくらいなら許してやる」

○本宮・朝

N「翌朝。シャーミアンは処罰を願って国王の前に進み出た。独立騎兵隊長は身分こそ高くないが、国王の腹心ともいうべき存在である。その腹心に城内で斬りつけて重傷を負わせたのだ。王妃には黙っているように言われたが、こんな重大事件を隠していられるわけがないと覚悟してのことだった」

シャーミアン「厳罰に処してくださるよう、お願いいたします」

ウォル「シャーミアンどの。失礼だが、何か勘違いをされているのではないかな？」

シャーミアン「勘違いなどで、このようなことを申し上げはいたしません。すべての罪はわたしにあります。

何とぞ、父にはこれまで通りのご奉公《ほうこう》をお許しください」

N「被保護者が犯した罪に関しては、家長の責任が追及される。身内の者がしでかしたことに対して、知らなかった、関係ないでは通らない。だからこそシャーミアンは、父の名誉《めいよ》を守ろうとしたのだ」

ウォル「しかしな、シャーミアンどの。はっきり言ってお話の主旨《しゅし》が俺にはよくわからんのだ」

シャーミアン「陛下！」

イヴンの足音。

イヴン「や、すみません。お話し中でしたか」

ウォル「いいや、かまわん、入ってくれ」

シャーミアン「……！」

イヴン「おや、シャーミアンどの。どうなさいました？　顔色がよくありませんな」

N「シャーミアンは絶句していた。どこにも傷のない顔を信じられない思いで見つめ、男の手首までを覆っている黒い服に強《こわ》ばった視線を向けた」

シャーミアン「(声を押し殺して)……服を脱いでください」

イヴン「(小さく吹き出して)、すてきな申し出だが、仮にも未婚の女性が男に向かって言うセリフじゃありませんぜ？　ましてこんな朝っぱらから」

イヴン「せめてもう少し暗くなってから、できれば人気のないところで言ってくださると、非常にうれしいんですがね？」

シャーミアン「服を脱いで左腕を見せてください！」

イヴン「(困惑)どうしたもんでしょう？」

ウォル「(困惑)他に人もいないことだし、それでシャーミアンどのの気がすむのなら脱いでみてはどうかな？」

イヴン「はぁ。それじゃあ、まあ……」

衣擦れの音（皮製）。

イヴン「これでお気に召しましたか？」

N「イヴンは肌着も脱ぎ捨てて上半身裸《はだか》になった。細身ながら鍛《きた》えられた、引き締まった肉体である。シャーミアンは穴が開くほどその身体を凝視したが、あるはずの傷がどこにもない」

シャーミアン「（混乱して）でも……そんな、そんなはずは……」

イヴン「何がそんなはずは、なんです？」

シャーミアン「わたしは昨日あなたに斬りつけたはずです！」

イヴン「（心底、意外そうに）あなたが？　おれにですか？　いったいどうして？」

シャーミアン「（自信なく）あの侍女が……そうです、シェラのことで……」

ウォル「そのことなら今し方、上で聞いてきたところだ。俺から話そう」

ウォル「（口調をあらためて）確かに、あなたも見知ったとおり、あの侍女は実は少年なのだ。それというのも尋常《じんじょう》の娘では、西離宮暮らしも、リィの側仕《そばづか》えも到底務まらん」

ウォル「しかし、今のリィは仮にも王妃だ。一人にしておくわけにもいかん。その点、あの少年は実に重宝しているのだ。完璧《かんぺき》な侍女として振る舞えるし、いささか風変わりな武術も心得ていてな。護衛としても役にたっている」

イヴン「あの西離宮で、あの妃殿下に臆《おく》さずにお側仕えをしているくらいですからね。結構、肝《きも》が据わってると思いますよ」

ウォル「とはいうものの、こんなことはとても大声では言えん。表向きは娘で通さねばならん。あなたに黙っていたのは申し訳ないが、お父上にも話していないことなのだ。お父上のご気性では『もってのほかのことでございます！』と雷《かみなり》を落とされるのは必至だからな」
イヴン「（聞こえないように小声で）想像するだにおっかねえ……」
ウォル「そこでだ。お父上に対して秘密を持たせることになってしまうが、あなたもぜひ沈黙を守ってもらいたいのだ。他にこのことを知っているのは従弟殿《いとこどの》とラモナ騎士団長のみだ。そのつもりでいてくれると助かるのだが、どうだろうか？」
シャーミアン「もちろん、父にも申しません。お約束いたします」
N「国王と王妃が事態を心得ているのなら、自分があれこれ言うことではない。ただひとつ、どうしても納得がいかないことがあった」
シャーミアン「イヴンどの。申し訳ありませんでした。あれから一晩中、考えていたのです。どうすればこの償《つぐな》いができるのか、罪滅ぼしのために何をすればいいのかと……」
イヴン「よしてくださいよ、シャーミアンどの。それはみんな夢です。俺のどこに斬られた傷があるんです？なんなら下も脱ぎましょうか？」
イヴン、ベルトに手をかけ、かちゃっと音が鳴る。
シャーミアン「（慌《あわ》てて）いえっ！　もう大丈夫です！　そんなことをしていただかなくても結構ですから！」
イヴン「ははは！　なかったことに対して罪滅ぼしだの償いだの言うのはおかしな話じゃありませんかね？気にするのはおよしなさい」
N「碧《あお》い眼は二つ揃《そろ》ってシャーミアンを見つめている。金褐色《きんかっしょく》の肌によく映える、真夏の海のような深く澄み切った碧の色だ。その瞳を見つめ返していたら、なぜか、シャーミアンの身体がかっと熱くなった」
シャーミアン「あの、では……それではあの……失礼します……！」
シャーミアンが退出する足音&扉が閉まる音。

イヴン「……あれでごまかせたかね？
ウォル「無理だろうな。しかし、証拠の傷がどこにもない以上、納得せざるを得まい」
ウォル「折れた剣も回収した。先程、シェラがリィに報告していたが、昨日、シャーミアンどのが着ていた服もうまく処置できたようだ。運よく今日がドラ将軍の家の洗濯日だったそうでな。シェラは昨夜のうちに、シャーミアンどのの服についた返り血を洗い流し、さらにその服を何食わぬ顔で洗いものの中に紛れ込ませてきたそうだ」
イヴン「（笑って）あいつ、ドラ将軍の館にも忍び込んだのか？　やるねえ……」
ウォル「この本宮に潜り込むほどの腕だ。造作《ぞうさ》もあるまい。ますますもって、将軍には言えんがな」
ウォル「さらにありがたいことに、シャーミアンどのは昨日の服とそっくり同じ仕立ての外出着を何着か持っているそうだ。血の跡さえ消してしまえば、おまえを斬った時に着ていた服がどれなのか、わからなくなるだろうとのことだった」
イヴン「へえ。貴族のお嬢さんはやっぱり違うねえ。俺なんざ、これが一張羅の着た切り雀《すずめ》だがね」
イヴン「（感心したように）あいつ、大活躍だな。この袖《そで》のつくろいも、よくできてるぜ。後でやり直させてくれって言われたが、ちょっと見ただけじゃあ絶対わからない」

衣擦れの音（皮製）。

N「イヴンは服を着ようとして、自分の左腕をしげしげと見つめた」
イヴン「まったく……自分の眼で見たんでなけりゃ、とても信じられねえ」
ウォル「だがな、イヴン。今だから言うが、どうしてあんな無茶な真似をした？　おまえならシャーミアンどのをとり押さえることなど、簡単にできたはずだ」
イヴン「王様が馬鹿を言いやがる。城内で真剣を振り回すことは御法度だろうがよ。できるだけ穏便に収めようと思ったんだよ」

ウォル「そのたびに腕一本投げ捨てられては、こっちの神経が持たんぞ！　これも今だから言えるが、あのままおまえの腕を切る羽目になっていたら、今までのようにシャーミアンどのに接することができたかどうか、自信がないのだ、俺は」

N「そんなことは絶対にないとイヴンは知っている。鈍くても、単純馬鹿に見えても、国王としての資質は本人が考える以上に備えている男だ。自分の感情は押し殺して、シャーミアンを許しただろう。もともと義《ぎ》侠心《きょうしん》の強い男だが、フェルナン伯爵の死後は特に、身近にいる人の難儀や不当な暴力に対して強い反応を示すようになった。あの時の無念がよみがえってくるのかもしれなかった」

イヴンM「そんな心配をさせるつもりはさらさらなかったんだがな」

イヴン「（ため息）もう言うなよ。あれは単に俺の失敗。それも大失敗だ。受け止めるつもりだったのさ」

ウォル「（驚き）素手《すで》で剣をか？」

イヴン「だから。籠手《こて》を巻いてるつもりだったんだよ。タウ製の籠手は矢を通さない優れもんさ。細い剣なら跳ね上げることだってできる。てっきりそのつもりでいたわけだ。間抜けなことに」

ウォル「（微笑）本当か？」

イヴン「（苦い顔で）ああ。しまったと思ったのは、ざっくりやられてからさ。けどまあ、自分でやったことだ。泣き言は言えんだろうよ」

ウォル「では、今度は……次があるとしての話だが。俺のためにも、王妃の健康のためにもだ。もう少しうまく対処してくれるとありがたいな」

イヴン「しかと心得ました、陛下」

すっかり明るくなった西離宮の居間で、王妃に食後のお茶を注《そそ》ぎながら、シェラは疲労感と戦っていた。

身体が鉛のように重い。実際、一晩の仕事としてはかなりの重労働だった。暗闇の中、人に見られないように、極力灯りを抑えながら折れた剣先を探し、血の跡を消して動き回ったのだ。

その後、ドラ将軍の屋敷に忍び込み、シャーミアンの部屋から先の折れた剣と衣服を回収し、衣服の血の跡をきれいに洗い流して洗濯場に戻し、最後の仕上げとして、ばっさり斬られたイヴンの服の袖をつくろった。

さらには国王と王妃の朝食まで用意したのである。明らかに働き過ぎだが、シェラには別の心残りがあった。

「シャーミアンさまに納得していただくことが先決でしたので、かなりのやっつけ仕事になってしまったことが悔やまれます。あんなつぎはぎでは……とてもいけません。後でやりなおしませんと」

茶碗を受け取った王妃も、まだ顔色がよくなかったが、怪訝《けげん》そうに反論した。

「つぎはぎってことはないだろう？　おれも見たけど、全然わからなかったぞ」

「あいにく、シャーミアンさまはれっきとした女性なんです。——あなたと違って」

疲れのせいか、シェラの物言いはかなり直接的になっている。

「若いご婦人の勘働《かんばたら》きは侮《あなど》れないものがありますよ。加えて、シャーミアンさまは針も剣と同様に使う方です。何かの拍子に、あのつくろい跡に気づかれたら……」

昨夜の努力が水の泡だ。

「何より、あんな雑な縫《ぬ》い目《め》をわたしの仕事と思われるのは耐えられません」

「おまえ、言ってることが支離滅裂だぞ。——ちょっと座れよ」

王妃は長椅子の端に寄って空間を空《あ》けてやり、シェラは素直に腰を下ろした。普段のシェラなら、間違っても主人の横に腰を下ろすような不遜《ふそん》な真似はしないが、拒否するには疲れすぎていたのだ。

ほんの一息つく間に、王妃は手を伸ばして自分でお代わりのお茶を注ぎ、茶碗をシェラに差し出した。

「そんなのいいから飲め。おまえは一晩中、飲まず食わずで働いてたんだから、少し休まないと駄目だ。おれがしゃんとしていれば、熊《くま》か猪《いのしし》の肉でも取ってきてやるんだけどな。――今は無理だ」

これも普段のシェラなら、主人の茶碗でお茶をいただくなど、とんでもないと血相を変えただろう。

しかし、拒否したところで王妃は引きさがらないとわかっていたので、素直に茶碗を受け取った。

温かいお茶は身体に染み渡るようだった。

「……美味《おい》しい」

やわらかい長椅子にゆったりと背中を預け、陽の差し込む室内は心地よく、暖かい。

いけないと思いながらも、シェラはたちまち睡魔に襲われていた。

シャーミアンを返した国王が様子を見に西離宮に上がってくると、居間の長椅子で、珍しくも、王妃と侍女が昼寝の最中だった。シェラは背もたれにもたれかかって眼を閉じ、王妃は肘掛《ひじか》けに頭を乗せて横になっている。

国王が足を進めようとした時だ。王妃が片目だけを開けて、ちらっと国王を見て、また眼を閉じた。

(来るな)という意味だろう。(それ以上近づくと、シェラが起きる)と言いたいらしい。

国王は頷《うなず》いて、足音を立てずに踵《きびす》を返し、そっと建物を出たのである。

「……妬《や》けるな」

口調だけは大真面目に、その実、顔は楽しげに微笑しながら、国王は本宮に引き返した。

「滅相もない。……せめて、自分の茶碗を取ってきますから」

「飲みな」

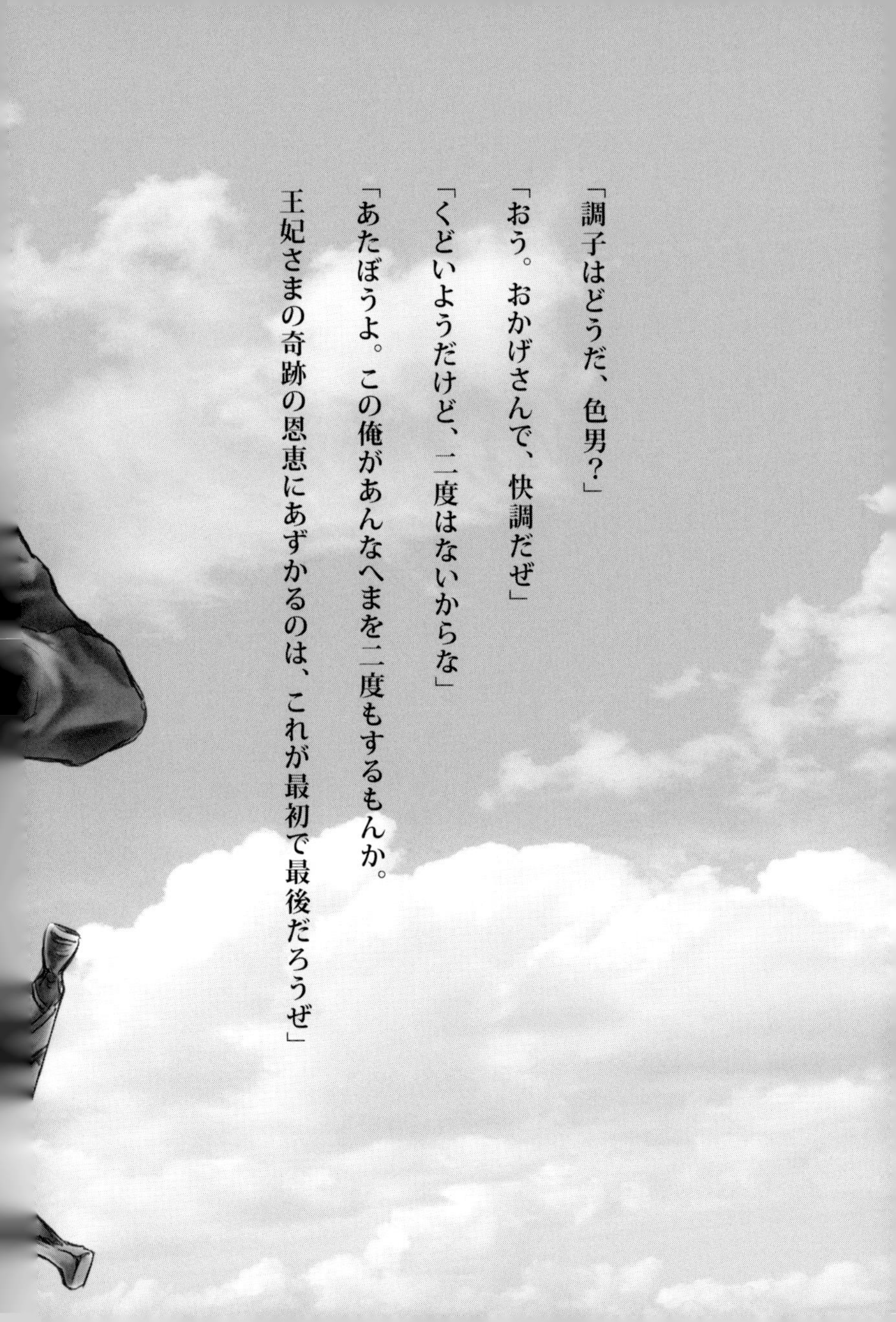

「調子はどうだ、色男？」

「おう。おかげさんで、快調だぜ」

「くどいようだけど、二度はないからな」

「あたぼうよ。この俺があんなへまを二度もするもんか。

王妃さまの奇跡の恩恵にあずかるのは、これが最初で最後だろうぜ」

CAST

神田沙也加
（リイ）

■今回、役を演じていかがでしたか？　（役柄、キャラクターについての感想、面白かった、難しかったことなど）

「こんな役を待っていた！」という感覚でした。美しくて勇ましく、男性から見ても女性から見ても魅力的に聞こえれば幸いです。

■ファンの皆さんに今回の聞きどころを教えてください。

今までもあまり演じたことのない口調や声色、シチュエーションにドキドキしていただけたらと思います。大人の一面が覗けますように（笑）。

〈主な出演作〉
映画『アナと雪の女王』（アナ役）
映画『宇宙戦艦ヤマト2202　愛の戦士たち』（テレサ役）
アニメ「コンビニカレシ」（真四季みはる役）
映画『劇場版 ソードアート・オンライン -オーディナル・スケール-』（ユナ役）
ゲーム「ニューダンガンロンパV3 みんなのコロシアイ新学期」（赤松 楓役）

日野 聡
（ウォル）

■「デルフィニア戦記」または茅田砂胡の作品をお読みになった事があるようでしたら、感想をお聞かせください。

異世界ファンタジー作品として「デルフィニア戦記」の話題など存じ上げていました。今まで中々触れる機会がなかったのですが、今回このCDブックに参加させていただくにあたり作品のベースとなる部分など調べて勉強しました。

■今回、役を演じていかがでしたか？（役柄、キャラクターについての感想、面白かった、難しかったことなど）

ウォルは大陸随一の剣士ということで体格もよく性格も非常に明るい真っ直ぐな男なので、演じていてとても清々しい気持ちになりました。彼の心情を一つひとつ演じていくにつれ、僕自身も自然とウォルの魅力に引き込まれていましたね。

■ファンの皆さんに今回の聞きどころを教えてください。

今回のCDブックでウォルを演じさせていただきました日野 聡です。茅田砂胡先生の描く美しく壮大なデルフィニアの世界に自分も参加させていただけてとても嬉しいです。今回のエピソードではリィとのやり取り、幼なじみイヴンとの深い友情など、それぞれ形の違う信頼を強く感じるCDブックになっていますので、是非その辺りも聞いて楽しんでいただけると幸いです。

〈主な出演作〉
アニメ「オーバーロード」（モモンガ役）
アニメ「ハイキュー!!」（澤村大地役）
海外ドラマ「ＡＲＲＯＷ／アロー」（オリバー・クイーン／アロー役）

村瀬 歩

（シェラ）

■「デルフィニア戦記」または茅田砂胡の作品をお読みになった事があるようでしたら、感想をお聞かせください。

今回、関わらせていただけることになって、読ませていただきました。王道の、それでいてドラマが深いファンタジーものはとても好きです。

■今回、役を演じていかがでしたか？（役柄、キャラクターについての感想、面白かった、難しかったことなど）

大人びている面、訓練されている面、初心な面があるけど、本人も自覚していない心の動きが大きそうだなーと感じ、演じていて楽しかったです。

■ファンの皆さんに今回の聞きどころを教えてください。

重厚なドラマと世界観をドラマCDで是非楽しんでいただければと思います！

〈主な出演作〉
アニメ「ハイキュー!!」（日向翔陽役）
アニメ「イナズマイレブン　アレスの天秤」（稲森明日人役）
アニメ「DEVILMAN crybaby」（飛鳥 了役）

鳥海浩輔
（イヴン）

■今回、役を演じていかがでしたか？　（役柄、キャラクターについての感想、面白かった、難しかったことなど）

非常に男っぷりのいい、気持ちのいい好漢でしたね。演じていても気持ちがよかったです。

■ファンの皆さんに今回の聞きどころを教えてください。

すべて、ですよ。楽しんでいただけたら嬉しいです。

〈主な出演作〉
アニメ「うたの☆プリンスさまっ♪」シリーズ（愛島セシル役）
アニメ「刀剣乱舞」シリーズ（三日月宗近役）
アニメ「覇穹 封神演義」（申公豹役）

伊藤 静

（シャーミアン）

■今回、役を演じていかがでしたか？　（役柄、キャラクターについての感想、面白かった、難しかったことなど）

とても真面目で責務にまっすぐなシャーミアンなので、やってしまったことに対する罪の意識で思いつめる気持ちが強く、一気に気持ちを作るのが難しくもあり、彼女の人柄がよく出ている部分でもあるので、演じていて楽しくもありました。

■ファンの皆さんに今回の聞きどころを教えてください。

新たなキャストで織りなす魅力を感じていただけたらと思います。楽しんでくださいませ。

〈主な出演作〉
アニメ「食戟のソーマ」（小林竜胆役）
アニメ「あまんちゅ！」（火鳥真斗役）
アニメ「美少女戦士セーラームーン　Crystal」
（愛野美奈子／セーラーヴィーナス役）

よのひかり
（ナレーション）

〈主な出演作〉
海外ドラマ「スター・トレック：ディスカバリー」（マイケル・バーナム役）／海外ドラマ「24-TWENTY FOUR- シーズン6」（ナディア・ヤセル役）／
海外ドラマ「Lの世界」（アリス・ピエゼッキー役）

白熊寛嗣
（ドラ将軍）

〈主な出演作〉
アニメ「オーバーロード」（ガゼフ・ストロノーフ役）
アニメ「FAIRY TAIL ZERØ」（ウォーロッド・シーケン役）
アニメ「文豪ストレイドッグス」（箕浦刑事役）

矢野正明
（ファロットの聖霊）

〈主な出演作〉
海外ドラマ「新米刑事モース～オックスフォード事件簿～」（エンデバー・モース役）
海外ドラマ「ハウス・オブ・カード 野望の階段」（ビル・コンウェイ役）
海外ドラマ「アメリカン・ホラー・ストーリー ホテル」（ジェームズ・パトリック・マーチ役）

定岡小百合
（魔法街のおばば）

〈主な出演作〉
映画『ファインディング・ニモ』
（ピーチ役）
アニメ「TIGER & BUNNY」
（鏑木安寿役）
アニメ「牙狼〈GARO〉-炎の刻印-」
（ララの祖母役）

松 聖花
（侍女）

〈主な出演作〉
ゲームアプリ「アンジュ・ヴィエルジュ」
（土屋原はねる役）
アニメ「黄昏乙女×アムネジア」
（西河日登美役）
アニメ「オズマ」
（マリー役）

深町寿成
（ルウ）

〈主な出演作〉
アニメ「ありふれた職業で世界最強」
（南雲ハジメ役）
アニメ「ALL OUT!!オールアウト」
（苗鹿大平役）
アニメ「アイドルマスター～SideM～」
（黒野玄武役）

Inspire song

託《ことづ》け

歌：MOCA

作詞：山崎あおい　作曲：山崎あおい・鶴﨑輝一　編曲：鶴﨑輝一

誰も皆 孤独な風のよう 行き先も知らず
この世界に生まれた

未来へと続いてく まだ見えぬ旅路に
人は使命ばかりを 探したがるけれど

遥か昔に聞いた託《ことづ》けを
みんな忘れて しまっているんだろう
たったそれだけで 今も
遥か彼方の 知らない宇宙に
投げ出された気に なっているんだろう
たったそれだけ 恐れないで

誰も皆 孤独な星のよう 衝突繰り返し
この世界を作った

どうしてここで生きて どこへ向かうのかと
問いかけすら 忘れるほどに 今日まで歩いてきた

遥か彼方の 知らない宇宙で
彷徨う僕を 見つけ出してくれた
たったそれだけで 今も
些細なことで争うのならば
些細なことで許してもいいだろう
鍵をなくした 扉 開いて

遥か昔に聞いた託《ことづ》けを
みんな忘れて しまっているんだろう
たったそれだけで今も

遥か彼方の 知らない宇宙で
彷徨う心 見つめ合う二人
たったそれだけ それだけで 僕ら

MOCA

大阪在住。16歳の現役高校生。

山崎あおい

高校在学中にYAMAHA主催のコンテストに出場、これをきっかけに自作楽曲が地元札幌を中心に企業CMやTV番組主題歌などに使われ、2012年8月メジャーデビュー。透明感のあるピュアな歌声と、リアリティをもったセンチメンタルな歌詞が同世代をはじめ、幅広い層の男女から支持を得ている。https://yamazakiaoi.jp/

鶴﨑輝一（ツルサキ コウイチ）

1987年9月9日生まれ29歳。福岡県出身。Pops感満載のキャッチーな楽曲と、歌ものから劇伴、CM楽曲など、幅広いジャンルに対応できるサウンドメイクが魅力。

【works】AKB48「泣ける場所」作曲
TV東京アニメ サンリオ「リルリルフェアリル」劇伴・楽曲
NHK「天才てれびくん」番組内楽曲　他。楽曲アレンジ、制作案件多数

ボーカルレコーディングスタジオ：SOUND ARTS 自由が丘
ボーカルレコーディング エンジニア：鈴木淳也　アシスタント エンジニア：石川富章　ミキシング エンジニア：相澤 圭
プログラミング、ギター、ディレクター：鶴﨑輝一

Inspire song……小説や映画などの著作物から、アーティストや作家が触発された事柄や共感した出来事を曲・歌にしたもの。

デルフィニア戦記

戦女神の祝福

TRACK

収録時間：62'00"
1-8. オーディオドラマ：57'31"
9. エンディング Inspire song「託《ことづ》け」：4'29"

CAST / CHARACTER VOICE

リィ：神田沙也加
ウォル：日野 聡
シェラ：村瀬 歩
イヴン：鳥海浩輔
シャーミアン：伊藤 静

ドラ将軍：白熊寛嗣
ファロットの聖霊：矢野正明
魔法街のおばば：定岡小百合
侍女：松 聖花
ルウ：深町寿成

ナレーション：よのひかり

STAFF

原作・監修：茅田砂胡
脚本：田沢大典

音響監督：亀山俊樹（グルーヴ）
音響効果：和田俊也（スワラ・プロ）
録音調整：吉田光平（P's STUDIO）
録音スタジオ：デルファイサウンド、P's STUDIO azabudai A/R

ミキシングスタジオ：P's STUDIO azabudai AR/TWO

マスタリングエンジニア：林 壮樹
マスタリング：東洋レコーディング株式会社

キャストコーディネート：小林 剛（グルーヴ）

音楽：鶴﨑輝一（ヤマハミュージックエンタテインメントホールディングス）

企画制作協力：C★NOVELS編集部（中央公論新社）

プロデュース：安藤 岳（東映ビデオ）
関口 賢（フロンティアワークス）
神戸昭久（ヤマハミュージックコミュニケーションズ）

茅田砂胡プロジェクト

CD BOOK

デルフィニア戦記

放浪の戦士

◆ブックレット+CD2枚組、スリーブケース仕様
◆刊行日：2014／9／5
◆判型：B6判変型／32頁（オールカラー）
◆定価：本体2,800円+税
◆ISBN978-4-907435-36-3
◆発行・発売：株式会社スペースシャワーネットワーク＊

スカーレット・ウィザード

女王と海賊の契約

◆ブックレット+CD2枚組、スリーブケース仕様
◆刊行日：2015／2／25
◆判型：B6判変型／64頁
◆定価：本体2,800円+税
◆ISBN978-4-907435-46-2
◆発行・発売：株式会社スペースシャワーネットワーク＊

＊印商品のお求めは、茅田砂胡プロジェクト
オフィシャルサイトまでお問い合せください。

デルフィニア戦記
シェラと西離宮の日々

◆ブックレット+CD組、スリーブケース仕様
◆刊行日：2017／3／25
◆判型：B6判変型／64頁
◆定価：本体2,800円+税
◆ISBN978-4-12-004972-9
◆発行・発売：中央公論新社

スカーレット・ウィザード
クライストの贈りもの

◆ブックレット+CD2枚組、スリーブケース仕様
◆刊行日：2015/12/10
◆判型：B6判変型／64頁
◆定価：本体2,800円+税
◆ISBN978-4-12-004800-5
◆発行・発売：中央公論新社

BOOK

デルフィニア戦記

C★NOVELS版

放浪の戦士
デルフィニア戦記1

黄金の戦女神
デルフィニア戦記2

白亜宮の陰影
デルフィニア戦記3

空漠の玉座
デルフィニア戦記4

異郷の煌姫
デルフィニア戦記5

獅子の胎動
デルフィニア戦記6

コーラルの嵐
デルフィニア戦記7

風塵の群雄
デルフィニア戦記8

動乱の序章
デルフィニア戦記9

憂愁の妃将軍
デルフィニア戦記10

妖雲の舞曲
デルフィニア戦記11

ファロットの誘惑
デルフィニア戦記12

闘神達の祝宴
デルフィニア戦記13

紅の喪章
デルフィニア戦記14

勝利への誘い
デルフィニア戦記15

伝説の終焉
デルフィニア戦記16

遙かなる星の流れに(上)
デルフィニア戦記17

遙かなる星の流れに(下)
デルフィニア戦記18

大鷲の誓い
デルフィニア戦記外伝

コーラル城の平穏な日々
デルフィニア戦記外伝2

DVD付
デルフィニア戦記公式ガイドブック
◆刊行日：2016／12／10 ◆判型：A5判／128頁（カラー口絵付）
◆定価：本体2,500円+税 ◆ISBN978-4-12-004922-4

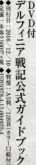

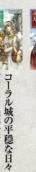

中公文庫版

デルフィニア戦記　第Ⅰ部
放浪の戦士1

デルフィニア戦記　第Ⅰ部
放浪の戦士2

デルフィニア戦記　第Ⅰ部
放浪の戦士3

デルフィニア戦記　第Ⅰ部
放浪の戦士4

デルフィニア戦記　第Ⅱ部
異郷の煌姫1

デルフィニア戦記　第Ⅱ部
異郷の煌姫2

デルフィニア戦記　第Ⅱ部
異郷の煌姫3

デルフィニア戦記　第Ⅲ部
動乱の序章1

デルフィニア戦記　第Ⅲ部
動乱の序章2

デルフィニア戦記　第Ⅲ部
動乱の序章3

デルフィニア戦記　第Ⅲ部
動乱の序章4

デルフィニア戦記　第Ⅲ部
動乱の序章5

デルフィニア戦記　第Ⅳ部
伝説の終焉1

デルフィニア戦記　第Ⅳ部
伝説の終焉2

デルフィニア戦記　第Ⅳ部
伝説の終焉3

デルフィニア戦記　第Ⅳ部
伝説の終焉4

デルフィニア戦記　第Ⅳ部
伝説の終焉5

デルフィニア戦記　第Ⅳ部
伝説の終焉6

デルフィニア戦記外伝
大鷲の誓い

王女グリンダ（上）

王女グリンダ（下）

DVD

デルフィニア音楽祭 2014

◆特典：沖 麻実也描き下ろしジャケット／ブックレット(4頁)／第一部別バージョン映像
◆スペック：本編94分／COLOR／片面2層
◆発売日：2015／4／8
◆定価：本体6,800円+税
◆商品コード：DSZD08123
◆発行・発売：東映株式会社

舞台 デルフィニア戦記 第一章

◆映像特典：スペシャルインタビュー(蕨野友也×佃井皆美)／a day of backstage／制作発表&舞台挨拶
◆スペック：本編128分／COLOR／片面2層
◆発売日：2017／5／10
◆定価：本体6,800円+税
◆商品コード：DSTD03991
◆発行・発売：東映株式会社

CD

＜初回限定盤＞
定価：本体3,889円+税　品番：YCCW-10333

＜通常盤＞
定価：本体2,222円+税　品番：YCCW-10334

デルフィニア戦記 音楽集

2014年に発足した茅田砂胡プロジェクトによる茅田砂胡CDブック第1弾「デルフィニア戦記 放浪の戦士」に収録された楽曲をリイマージュ。デルフィニアの音楽世界が新たに豪華オーケストラ編成によって甦る!

発売日 2018/3/14

初回限定盤特典

①アナザージャケット ②特製ジグソーパズル(30ピース) ③ジャケットイラストステッカー
④ボーナストラック1曲収録 ⑤スリーブケース仕様

収録曲(全11曲)

1.序曲　2.リィ　3.疾走する蹄　4.春風の匂い　5.友の心　6.誓い ～オーケストラバージョン～　7.決意　8.対峙する想い　9.時を越えた愛
10.継ぐべきもの　11.コーラルの光 ～オーケストラバージョン～　＜ボーナストラック＞ 誓い ～オリジナルバージョン～ ※初回限定盤のみ収録

作曲：砂守岳央・松岡美弥子(未来古代楽団)
～茅田砂胡CDブック「デルフィニア戦記 放浪の戦士」より～

[誓い(M6・ボーナストラック)]
作詞：砂守岳央(未来古代楽団)　補作詞：茅田砂胡プロジェクト　作曲：砂守岳央(未来古代楽団)　歌：naNami(日本クラウン)

[コーラルの光(M11)]
作詞：砂守岳央(未来古代楽団)　作曲：松岡美弥子(未来古代楽団)　歌：堀澤麻衣子(ヤマハミュージックコミュニケーションズ)

編曲：寺嶋民哉
※ボーナストラック編曲：松岡美弥子(未来古代楽団)

イラスト：沖 麻実也

発売：株式会社ヤマハミュージックコミュニケーションズ

茅田砂胡プロジェクトは
“茅田作品の世界観を幅広く知っていただく”“茅田作品をもっと好きになっていただく”
ことを目的としてスタートしました。
「CDブック」の発売や、イベントの開催、オフィシャルグッズの販売など
多方面で展開を続けています。

茅田砂胡CDブック
デルフィニア戦記 戦女神の祝福

2018年3月20日　初版発行

編者：茅田砂胡プロジェクト

原作・監修：茅田砂胡
監修・企画制作協力：C★NOVELS編集部（中央公論新社）

発行者：荻野伸之
発行元：株式会社ヤマハミュージックコミュニケーションズ

発売元：株式会社フロンティアワークス
〒170-0013 東京都豊島区東池袋三丁目22番17号 東池袋セントラルプレイス5F
TEL：03-5957-1030　FAX：03-5957-1533

印刷・製本：大日本印刷株式会社

カバー・本文イラスト：沖 麻実也
ブックデザイン：山田章吾（東京山田デザイン事務所）
シナリオDTP制作：青木義和
編集：吉田三代（ヤマハミュージックエンタテインメントホールディングス）

プロデュース：安藤 岳（東映ビデオ）
関口 賢（フロンティアワークス）
神戸昭久（ヤマハミュージックコミュニケーションズ）

※商品販売を除く、内容についてのお問い合わせは、
茅田砂胡プロジェクトオフィシャルサイト http://kayataproject.com/ までお願いします。
（メールのみの対応になります。予めご了承ください）

Published by YAMAHA MUSIC COMMUNICATIONS CO., LTD.

Printed in Japan　ISBN 978-4-86657-100-3 C0076

定価はスリーブに表示してあります。落丁本・乱丁本はお手数ですが発売元にお送りください。送料小社負担にてお取り替え致します。